Das ist ein Olch

Erhard Dietl lebt als freier Schriftsteller und Illustrator in München. Er hat über 100 Kinderbücher veröffentlicht, mit großem nationalem und internationalem Erfolg. Seine Bücher wurden mehrfach ausgezeichnet, u.a. von der „Stiftung Buchkunst", und mit dem Österreichischen sowie dem Saarländischen Kinder- und Jugendbuchpreis geehrt. Zu seinen erfolgreichsten Figuren gehören die anarchischen Olchis, die sogar Büchermuffel zum Lesen und Lachen bringen. Auch Erhard Dietls Serie über Gustav Gorky, den Reporter aus dem Weltall, bereitet ihren Lesern großes Vergnügen, und dies ganz besonders den vielen, vielen Olchi-Fans!

Weitere Bilderbücher von den Olchis

Die Olchis aus Schmuddelfing
Die Olchis. So schön ist es im Kindergarten
Die Olchis. Ein Drachenfest für Feuerstuhl
Die Olchis. Wenn der Babysitter kommt
Die krötigsten Olchi-Lieder. Singen und Musizieren
mit den Olchis. Mit Lieder-CD!

Weitere Geschichten von den Olchis gibt es in der Erstlesereihe »Büchersterne«, in Kinderbüchern, Lernhilfen und Beschäftigungsheften. Material für Pädagogen/-innen zum Thema findet sich unter www.vgo-schule.de.

Reproduktion: Domino GmbH, Lübeck
Druck und Bindung: Grafisches Centrum Cuno, Calbe
Printed 2015/III
ISBN 978-3-7891-6427-9

www.olchis.de
www.oetinger.de

Erhard Dietl

Die Olchis

Olchi-Opas krötigste Abenteuer

Verlag Friedrich Oetinger · Hamburg

Auf dem Müllberg von Schmuddelfing wohnt die Olchi-Familie:
Olchi-Mama und Olchi-Papa, Olchi-Opa und Olchi-Oma, das Olchi-Baby und die zwei großen Olchi-Kinder. Und natürlich auch der dicke Drache Feuerstuhl.
Er liegt wie immer in seiner Garage, stößt hin und wieder Stinkerwolken aus und schnarcht so laut wie ein kaputter Auspuff.
Zum Abendessen gibt es heute Schmuddelbrühe mit Fischgräten, dann Schuhsohlen-Schnitzel mit rostigen Dosen. Und zum Nachtisch krötigen Stinkerkuchen mit Glühbirnenkompott und ein Fläschchen Fahrradöl.

„Das hat fein geschmeckt!“, sagt Olchi-Papa nach dem Essen. „Aber jetzt bin ich müde wie ein alter Pantoffel. Ich denke, ich leg mich aufs Ohr.“
„Gute Idee“, meint Olchi-Opa und klettert in seine Schlafkiste. „Es ist Zeit für ein kleines Verdauungsschläfchen.“
Er gähnt so kräftig, dass ein paar Fliegen ohnmächtig auf den Boden fallen.
Auch Olchi-Mama und Olchi-Oma gehen zu Bett.
Olchi-Mama gibt Olchi-Baby einen Kuss auf die Knubbelnase und sagt:
„So, mein kleiner Stinkerling, nun träum was Schönes!“

Nur die beiden Olchi-Kinder sehen noch schmutzmunter aus.
Sie schleudern alte Reifen durch die Luft und grölen lustig herum.
„Könnt ihr bitte leise sein?", ruft Olchi-Oma. „Bei dem Krach mach ich kein Auge zu!"
„Staubiges Ofenrohr, legt euch auf eure Matratze!", knurrt Olchi-Papa, und Olchi-Mama sagt: „Seid ihr denn gar kein bisschen müde, ihr kleinen Schreihälse?"
Die Olchi-Kinder schütteln den Kopf.
„Matschige Rostbeule! Ein Olchi darf schlafen, wann er will, wo er will und so lange er will. Und jetzt wollen wir überhaupt noch nicht!"
„Beim Hühnerich, dann werde ich euch eben ein Schlaflied vorsingen", sagt Olchi-Mama. „Los, spitzt die Hörhörner!"

Die Olchi-Kinder legen sich auf ihre gammelige Matratze, und Olchi-Mama fängt an zu singen:

„Wenn in der Nacht die Sternlein blinken,
riecht man den Müllberg duftend stinken.
Ich träum von einem Käsefuß,
von Staub und Qualm und Ofenruß,
ich träum von einem Nudelsieb
und hab euch alle schrecklich lieb!“

„Es funktioniert nicht“, kichern die Olchi-Kinder. „Wir sind immer noch ganz und gar wach!“
„Schade“, seufzt Olchi-Mama. „Das war mein schönstes Einschlaflied.“

„So geht das nicht!“, ruft Olchi-Opa und klettert aus seiner Kiste. Er setzt sich zu den Olchi-Kindern und erklärt:
„Zum Einschlafen braucht man die richtigen Geschichten, dann klappt das schon.“
„Was sind denn die richtigen Geschichten?“, fragen die Olchi-Kinder.
Olchi-Opa kratzt sich an der Knubbelnase.
„Beim Läusefurz, das will ich euch sagen! Vor 700 Jahren, da war ich mal ein Bagger-Olchi!“
„Ein Bagger-Olchi? Was ist das denn?“
„Ich habe mich kilometertief in die Erde gebuddelt, wie ein Maulwurf. Als ich auf der anderen Seite der Weltkugel wieder ans Tageslicht kam, war ich in Australien!“
„In Australien bei den Kängurus?“

„Ganz genau! Ich habe mich gleich in so einen Kängurubeutel hineingesetzt, und das Känguru ist mit mir durch die Gegend gehüpft. Irgendwann bin ich leider hinausgeschleudert worden und in einem stacheligen Kaktus gelandet. Fünfhundert spitze Stacheln musste ich mir aus dem Popo ziehen, das könnt ihr mir glauben!"
„Muffelfurzteufel!", rufen die Olchi-Kinder. „So etwas wollen wir aber lieber nicht machen! Was hast du noch erlebt, Opa?"

„Passt auf!“, sagt Olchi-Opa. „Vor 600 Jahren war ich ein Seefahrer-Olchi!“
„Ein Seefahrer-Olchi? Was ist das denn?“
„Ich bin mit einem Segelschiff auf dem Ozean gefahren. Einmal hat sich ein Riesenkrake am Schiff festgeklammert, und ich habe ihn mit einer Hand aus dem Wasser gezogen. An Bord haben wir dann Zielwerfen gespielt. Wir haben Seesterne und Muscheln in leere Dosen gepfeffert. Der Krake hat immer gewonnen. Er hatte ja viel mehr Arme als ich.“
„Wie viele Arme hatte er denn?“
„Na so fünf bis acht, oder auch zwanzig, schätze ich. Als dann ein plötzliches Gewitter aufzog, wurde ich vom Sturm ins Wasser geweht. Zum Glück war ich damals ein guter Schwimmer. Die allergefährlichsten Haie haben nach mir geschnappt, das könnt ihr mir glauben! Damit sie mich nicht auffressen, musste ich ihnen pausenlos olchige Lieder vorsingen. Da wurden sie zahm wie die Mäuse auf unserem Müllberg.“
„Schleime-Schlamm-und-Käsefuß!“, rufen die Olchi-Kinder. „Ja, so etwas wollen wir auch mal machen! Was hast du noch erlebt, Opa?“

„Tja, vor 500 Jahren, da war ich mal ein Astronauten-Olchi“, erzählt Olchi-Opa.
„Ein Astronauten-Olchi? Was ist das denn?“
„Ich bin mit einer selbst gebauten Rakete hinauf in den Himmel geflogen. Durch die allerdicksten Wolken, immer höher und höher, und am Ende bin ich auf dem Mond gelandet.“
„Auf dem Mond?“
„Ja klar! Ich traf dort viele gelbe Mond-Olchis, die alle sehr nett zu mir waren. Ich durfte auf ihrem Königsthron sitzen, und sie servierten mir jede Menge grätige Mond-Limo und feinen Sternenstaub, das könnt ihr mir glauben.“
„Sternenstaub? Wie schmeckt der denn?“

„Na ja, ein wenig trocken vielleicht, aber sehr krötig. Er kitzelt auf der Zunge.“ „Beim ranzigen Käsefuß!“, staunen die Olchi-Kinder. „So etwas wollen wir auch mal machen! Was hast du noch erlebt, Opa?“

„Vor 400 Jahren war ich ein Dompteur-Olchi“, sagt Olchi-Opa.
„Ein Dompteur-Olchi? Was ist das denn?“
„Ich habe Tiere dressiert. Mein Spezialgebiet waren Mäuse, Ratten und Kröten. Aber auch kleinen Mücken, Wespen und Fliegen konnte ich Kunststücke beibringen. Mit den Fliegen bin ich sogar im Zirkus aufgetreten.“
„Im Zirkus?“

„Ich hatte zweihundertfünfundsiebzig Fliegen, die kannte ich alle mit Namen. Sie konnten im Zickzack fliegen und im Kreis herum, und wenn ich gepfiffen habe, sind sie brav auf meiner Nase gelandet. Etwas Tolleres hatten die Leute noch nie gesehen, das könnt ihr mir glauben. Am Ende der Vorstellung haben sie mir vor Begeisterung sogar Fischgräten in die Manege geworfen!"
„Schlapper Schlammlappen!", rufen die Olchi-Kinder. „So etwas wollen wir auch mal machen! Was hast du noch erlebt, Opa?"

„Beim Kröterich! Vor 300 Jahren, da war ich ein Berg-Olchi", erzählt Olchi-Opa.

„Ein Berg-Olchi? Was ist das denn?"

„Ich bin auf den allerhöchsten Berg gekraxelt. Ohne Seil und ohne Haken! Mit bloßen Händen hab ich mich hinaufgezogen, bis auf den Gipfel. Aber ich habe es schnell bereut, denn da oben gab es schrecklich viel frische Luft. Ich traute mich kaum noch, zu atmen, das könnt ihr mir glauben!"

„Oje, was hast du dann gemacht?“
„Zum Glück kam gerade ein Adler vorbeigeflogen. Ich konnte mich an seine Beine klammern, und er ist mit mir ins Tal gesegelt. Da unten stand eine offene Mülltonne. Ich habe den Adler losgelassen und bin in den weichen Müll geplumpst. Das hat richtig Spaß gemacht!“
„Krötig!“, rufen die Olchi-Kinder. „So etwas wollen wir auch mal machen! Was hast du noch erlebt, Opa?“

„Ihr wollt noch etwas hören? Vor 200 Jahren war ich ein Taucher-Olchi!"
„Ein Taucher-Olchi? Was ist das denn?"
„Nun, ich konnte damals ganz lange die Luft anhalten. Mindestens so lange wie eine Luftmatratze, das könnt ihr mir glauben. Ich habe so tief eingeatmet, wie ich konnte. Dann bin ich auf den Grund des Meeres getaucht. Da unten habe ich ein bisschen Müll und jede Menge bunte Fische gesehen."
„Hast du auch Fischgräten gesehen?"

„Nicht nur Fischgräten. Sogar ein uraltes Schiffswrack habe ich entdeckt, mindestens hundert Meter lang. Ich habe das Ding nach oben gezogen und aufgegessen."

„Du hast es aufgegessen? Das ganze Wrack?"

„Natürlich nicht in einem Happs! Aber so nach und nach, immer mal wieder ein Stückchen. Ihr wisst ja, die guten Sachen muss man sich einteilen."

„Wurmiger Läuserich", staunen die Olchi-Kinder. „So etwas wollen wir auch mal machen! Was hast du noch erlebt, Opa?"

„Seid ihr denn immer noch nicht müde? Vor 100 Jahren war ich mal ein Drachenverschmutzer-Olchi", erzählt Olchi-Opa.
„Ein Drachenverschmutzer-Olchi? Was ist das denn?"
„Tja, das war in China. In diesem Land gibt es die allerkrötigsten Drachen, das könnt ihr mir glauben: Grünliche Flugdrachen, heiße Feuerdrachen und dicke Stampfdrachen. Mit den Flugdrachen hab ich mir die schöne Gegend angeguckt, und die Feuerdrachen haben mir die Suppe warm gemacht. Nur die dummen Stampfdrachen waren zu gar nichts nütze. Sie waren leider ziemlich ungeschickt und sind mir ständig auf die Füße getreten. Trotzdem mochte ich die Drachen alle sehr gern. Als Drachenverschmutzer musste ich sie jeden Tag mit braunem Matsch einreiben."
„Das hat ihnen bestimmt gut gefallen!"

„Na klar. Einer der Flugdrachen wurde sogar mein bester Freund. Ich habe ihn Feuerstuhl getauft und bin mit ihm nach Schmuddelfing gekommen, hierher auf unseren schönen Müllberg."
„Das war eine gute Idee", sagt das eine Olchi-Kind. „Feuerstühlchen ist unser allerliebstes Lieblingstier!"
„Und dann?", fragt das andere Olchi-Kind. „Was hast du dann gemacht?"

Olchi-Opa überlegt. „Dann hab ich nichts mehr gemacht. Ich wollte einfach nur auf meinem alten Ofen sitzen und gar nichts tun."
„Gar nichts tun? Aber gar nichts tun ist doch pupslangweilig!"
„Nein, überhaupt nicht", sagt Olchi-Opa. „Ich wollte mich ein bisschen ausruhen und es mir gemütlich machen. Ich habe meine Augen zugemacht, erst das linke und kurz darauf auch noch das rechte."
„Beim Kröterich, dann bist du sicher eingeschlafen!"
„Woher wisst ihr das?", kichert Olchi-Opa. „Ich habe sogar einen Rekord aufgestellt, einen oberolchigen Langschlaf-Rekord."
„Einen Langschlaf-Rekord? Wie lang hast du denn geschlafen?"

„Na, erst mal bis zum nächsten Morgen. Und dann hab ich einfach weitergeschlafen bis mittags und direkt in den Nachmittag hinein. Auch über den Abend hab ich einfach so hinweggeschlafen, als wär das gar nichts. Es ist dann dunkel geworden, und ich konnte noch die nächste Nacht durchratzen, bis schließlich die Sonne aufging. Und weil ich gerade so schön in Fahrt war, ging's sogar noch ein paar Stündchen drüber hinaus."
„Wanziger Schlammbeutel", staunen die Olchi-Kinder. „Und warum bist du dann wieder aufgewacht?"
„Ein dummer Floh hat mich in den Po gezwickt! Sonst hätte ich es sicher noch länger geschafft. Ich wette jedenfalls eine Flasche Fahrradöl, dass ihr nie im Leben so lange schlafen könnt!"
„Wieso denn nicht?", rufen die Olchi-Kinder. „Beim Läuserich, das ist doch nicht schwer! Klar schaffen wir das!"

„Na gut“, sagt Olchi-Opa listig. „Dann gebe ich euch jetzt das Kommando: Auf die Grätze … fertig … los!“
Die Olchi-Kinder machen gleichzeitig ihre Glupschaugen zu.
Erst das linke und kurz darauf auch das rechte. Und noch ehe Olchi-Opa Muffelfurz sagen kann, sind sie auch schon eingeschlafen.
„Na also, hat doch gut geklappt!“ Olchi-Opa zwinkert Olchi-Mama zu. „Siehst du, so macht man das!“ Zufrieden geht er zu seiner Schlaf-Kiste und schlüpft unter die Müffeldecke.
„Nicht schlecht, Opa“, sagt Olchi-Mama. „Käsefuß und Hühnermist! Wie gut, dass endlich Ruhe ist!“
Doch dann passiert es:
Die beiden Olchi-Kinder fangen ganz fürchterlich zu schnarchen an.
„Chrrrrr! Chrrrrr! Chrrrrr! Chrrrrrrrrrrr!“
Sie schnarchen so laut, dass der Drache Feuerstuhl aufwacht und erstaunt die Schnauze aus der Garage streckt.

Sie schnarchen so laut, dass die Kröten vor Schreck aus ihren Hängematten purzeln.
Sie schnarchen so laut, dass in Olchi-Mamas Schmuddelbrühe die Schimmelpilze zittern.
„Beim Läuserich", knurrt Olchi-Oma. „Da wird ja der Strumpf in der Pfanne verrückt!"
„Das darf doch nicht wahr sein!", ruft Olchi-Papa verzweifelt. „Wenn sie schlafen, sind sie ja noch lauter, als wenn sie wach sind!"
„Tja, da kann man leider nichts machen", seufzt Olchi-Opa.
„Aber wenn wir Glück haben, schlafen sie nicht allzu lange. Schleime-Schlamm-und-Käserich! Vielleicht zwickt sie ja ein netter Floh in ihren kleinen Olchi-Po …"

Olchi-Opas Abenteuer-Lied

Wer ist uralt und noch immer auf
Zack?
Wer futtert schon mal ein vergammeltes
Wrack?
Wer segelt mit dem Adler ins Tal
und landet im Müll mit einem Knall?

Refrain:
Das kann nur Olchi-Opa sein,
ihm fallen solche Abenteuer ein!
Seine Geschichten machen Spaß!
Olchi-Opa, erzähl uns was!
Erzähl, wo du überall gewesen bist,
egal ob's wahr oder gelogen ist!

Wer dressiert Kröten und auch Wanzen,
bis sie nach seiner Pfeife tanzen?
Wer taucht ins Meer, wo der
Riesenkrake wohnt?
Wer baut Raketen und fliegt zum
Mond?

Das kann nur Olchi-Opa sein …

Wer hat sich durch die Erde gebuddelt?
Wer hat die wilden Drachen verschmuddelt?
Wer ist mit den Kängurus herumgesprungen?
Wer hat den Haien Lieder vorgesungen?

Das kann nur Olchi-Opa sein….

Wer kennt vom Olchi-Lied die meisten Strophen?
Wer schläft tagelang auf seinem Ofen?
Wen zwickt am Ende ein frecher Floh
in den runden Olchi-Popo?

Das kann nur Olchi-Opa sein …

Olchis waschen sich nie
und putzen sich auch nie
die Zähne.

Alles, was uns gut schmeckt,
mögen die Olchis
überhaupt nicht.

Sie essen gerne Müll
und finden vergammelte
und faulige Sachen lecker.

Bei ihnen gibt es Schmuddelbrühe mit
Fischgräten oder Schuhsohlenschnitzel
und Stinkerkuchen.

Sie mögen es, wenn es
olchig qualmt und stinkt.

Parfümgeruch finden die Olchis
ganz schrecklich.

Olchis sind stark. Einen Autoreifen
können sie neunzehn Meter weit werfen.

Sie hüpfen gerne in
Matschpfützen herum.

Von ihrem olchigen Mundgeruch
stürzen sogar die Fliegen ab.

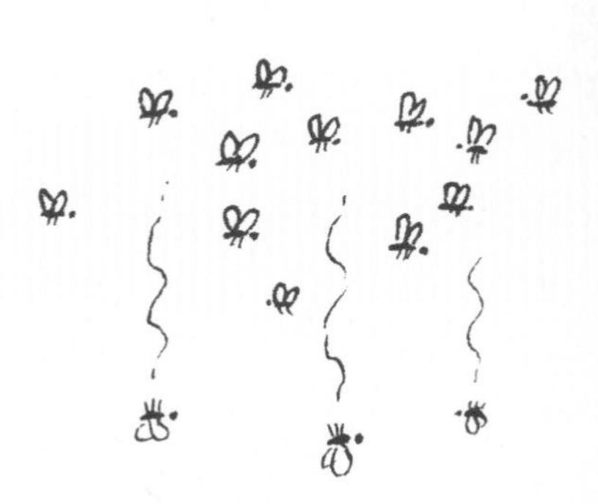

Der Drache Feuerstuhl ist das Haustier der Olchis.
Mit ihm können sie durch die Gegend fliegen.